PROCÈS

DU

LIEUTENANT-GÉNÉRAL

COMTE BERTRAND,

AIDE-DE-CAMP DE BONAPARTE,

CONTUMAX;

Contenant l'Ordonnance du Roi du 24 juillet 1815,
la séance du Conseil de guerre permanent de la
1re. division militaire, les pièces du procès, l'acte
d'adhésion du général, les conclusions du rapporteur,
et le jugement qui le condame à la peine de mort;

Précédé d'une Notice historique sur ce Général.

+-+-+-+-+

A PARIS,

CHEZ { PLANCHER, Éditeur de la Collection générale des
Procès jugés en vertu de l'Ordonnance du Roi
du 24 juillet 1815, rue Serpente, n°. 14;
EYMERY, Libraire, rue Mazarine, n°. 30;
DELAUNAY, Libraire, au Palais-Royal.

1816.

PROCÈS

DU

LIEUTENANT-GÉNÉRAL

COMTE BERTRAND.

PROCÈS

DU
LIEUTENANT-GÉNÉRAL
COMTE BERTRAND,

AIDE-DE-CAMP DE BONAPARTE;

CONTUMAX;

Contenant l'Ordonnance du Roi du 24 juillet 1815, la séance du Conseil de guerre permanent de la 1re division militaire, les pièces du procès, l'acte d'adhésion du général, les conclusions du rapporteur, et le jugement qui le condamne à la peine de mort;

Précédé d'une Notice historique sur ce Général.

A PARIS,

CHEZ
{
PLANCHER, Éditeur de la Collection générale des Procès jugés en vertu de l'Ordonnance du Roi du 24 juillet 1815, rue Serpente, n°. 14;
EYMERY, Libraire, rue Mazarine, n°. 30;
DELAUNAY, Libraire, au Palais Royal.

1816.

NOTICE HISTORIQUE.

Bertrand, comte, lieutenant-général, pair,
aide-de-camp de Bonaparte, etc, etc, est issu d'une
honnête famille ; il embrassa la carrière militaire dans l'arme du génie, se fit distinguer par
une conduite honorable et des talens peu com-
muns, et obtint enfin le grade de général de
brigade. Employé en 1804 au camp de Saint-
Ouen, c'est là que Bonaparte fut à même d'ap-
précier ses moyens, et qu'il conçut dès-lors
pour lui cette sorte de préférence qu'il lui montra
toujours depuis. Bertrand le suivit dans toutes
ses campagnes, se distingua en différentes occa-
sions, notamment à la bataille d'Austerlitz, en
1805, et fut nommé son aide-de-camp. En 1806,
il s'empara de la citadelle de Spandau, après

un investissement de peu de jours ; contribua, l'année suivante, au gain de la bataille de Fried-land contre les Russes, et reçut, à cette occasion, des éloges justement mérités ; mais ce qui mit le comble à sa réputation, et appela sur lui l'attention de toute l'armée, ce fut la construction de ces beaux ponts sur le Danube, en 1809, qui excitaient l'étonnement et l'admiration des Autrichiens eux-mêmes, et qui fit dire aux soldats : « *Il n'y a plus de Danube.* »

Employé de nouveau dans les campagnes de 1813, il y donna encore des preuves de talens et de courage, et fit des prodiges de valeur à Lutzen et à Bautzen. Pendant tout le mois d'octobre 1813, il défendit différentes positions contre un ennemi bien supérieur en nombre, conserva ses communications avec l'armée, se battit avec un acharnement et des succès divers pendant les trois jours que dura la bataille de Leipsick, et fit sa retraite avec ordre. Après la défaite des Bavarois, à Hanau, où il s'était encore distingué, il couvrit Cassel et Mayence pendant plusieurs jours, pour donner le temps au reste de l'armée de passer le Rhin, et revint à Paris quand sa présence fut inutile sur ce point : tant de services éclatans ne restèrent pas sans récompense, et Bertrand fut nommé, le 20 novembre, grand-maréchal du Palais. De nouveaux combats suivirent bientôt un instant de repos; la campagne de 1814 s'ouvrit sur le territoire français, et Bertrand, qui depuis lors ne quitta plus Bonaparte, le suivit dans les champs de Brienne, de Montmirail, de Champ-Aubert, de Craonne, et donna partout des preuves d'un dévouement presque sans exemple. Après la chute de son souverain, il le suivit sans hésiter à l'île d'Elbe, et en revint avec lui en 1815.

Une seconde expulsion de Bonaparte du trône de France, et les instances de sa famille et de ses amis, ne purent déterminer Bertrand à abandonner un homme auquel il semble avoir consacré sa vie; il s'embarqua donc avec lui sur *le Bellérophon*, et l'accompagna à l'île Sainte - Hélène.

Son épouse le suivit dans ses deux exils, et donna, dans cette circonstance, des preuves d'un attachement respectable à ses devoirs.

ORDONNANCE DU ROI.

Au château des Tuileries, le 24 juillet 1815.

LOUIS, par la grâce de Dieu, Roi de France et de Navarre,

Voulant, par la punition d'une attentat sans exemple, mais en graduant la peine et limitant le nombre des coupables, concilier l'intérêt de nos peuples, la dignité de notre couronne et la tranquillité de l'Europe, avec ce que nous devons à la justice et à l'entière sécurité de tous les autres citoyens sans distinction,

Avons déclaré et déclarons, ordonné et ordonnons ce qui suit :

ART. 1er. Les généraux et officiers qui ont trahi le Roi avant le 23 mars, ou qui ont attaqué la France et le gouvernement à main armée, et ceux qui, par violence, se sont emparés du pouvoir, seront arrêtés et traduits devant les conseils de guerre compétens, dans leurs divisions respectives ; savoir :

Ney, Labédoyère, les deux frères Lallemant,

Drouet-d'Erlon, Lefebvre-Desnouettes, Ameilh,
Brayer, Gilly, Mouton-Duvernet, Grouchy,
Clausel, Laborde, Debelle, Bertrand, Drouot,
Cambronne, Lavalette, Rovigo.

PROCÈS

DU

LIEUTENANT-GÉNÉRAL

BERTRAND.

LE conseil, convoqué par M. le lieutenant-général comte Despinois, pour juger le lieutenant-général Bertrand, prévenu des délits spécifiés dans l'ordonnance de S. M. du 24 juillet, s'est réuni à une heure dans le local du 1er conseil, rue du Cherche-Midi. Voici les noms des membres du conseil :

Président. M. Tirlet, lieutenant-général d'artillerie.

Juges. MM. Ruti, lieutenant-général d'artillerie ; Noury, lieutenant-général d'artillerie ; Decourtilles, colonel d'état-major ; Dequélen, chef d'escadron d'état-major ; Montigny, capitaine d'état-major ; de Dammartin, capitaine d'état-major.

Rapporteur. M. Viotti, chef d'escadron d'état-major.

Procureur du Roi. M. le baron de Salgues.

La séance étant ouverte, M. le rapporteur à donné lecture des pièces du procès.

Elles se composent de lettres de convocation du conseil, de la liste des membres qui le composent, d'une déposition de M. le duc de Fitz-James, où il déclare avoir reçu du général Bertrand une lettre datée de Fontainebleau, le 19 avril 1814, qu'il a jointe aux pièces et dont le texte se trouve dans le rapport de M. Viotti ; enfin les actes de notification de la procédure faite au dernier domicile du général Bertrand en France.

Après cette lecture, M. le rapporteur s'exprime en ces termes :

Henri-Gratien Bertrand, lieutenant-général, tenait le premier rang parmi les Français qui ont accompagné Bonaparte dans son entreprise contre la France. Le lieutenant-général Bertrand est poursuivi en justice par contumace. J'ai eu l'honneur de vous donner lecture de la notification de mise en accusation qui a été publiée à son domicile en France, et de l'ordonnance de déchéance qui a été lancée contre lui aux termes de l'art. 465 du Code d'instruction criminelle.

L'accusé Bertrand fut principal complice de l'usurpateur dans l'attentat dont les effets pèsent si douloureusement sur nous ; il était l'interprète de ses pensées ; c'est par lui que Bonaparte faisait connaître ses volontés, intimait ses ordres, et distribuait ses faveurs. Vous vous rappellez, Messieurs, que ce fut en vertu

d'une commission signée Bertrand, que le général
Debelle alla prendre le commandement du départe-
ment de la Drôme.

En 1814, et avant de se mettre en route pour l'île
d'Elbe, l'accusé Bertrand avait fait sa soumission au
Roi : il écrivit de la manière suivante à M. le duc de
Fitz-James, qu'il chargeait de faire agréer cette soumission.

« L'empereur ayant abdiqué, je suis dégagé de
» toutes obligations : j'acquitte en l'accompagnant la
» dette de la reconnaissance et de l'honneur. Je reste
» sujet du Roi, et je serai son sujet fidèle. Je suis per-
» suadé que l'empereur a renoncé dans son cœur à
» toute idée de rentrer en France ; mais ce que je
» puis assurer, c'est que dans aucune circonstance je
» ne veux me mêler des affaires politiques ; je ne fus
» jamais un homme de révolution ni d'intrigue, et
» je mourrai comme j'ai vécu, honnête homme et
» homme d'honneur. Si jamais vous étiez dans le cas
» de parler de moi, vous pouvez, sans crainte d'être
» démenti par la suite, affirmer que je ne m'écarte-
» rai point, quels que soient les événemens, de la
» ligne que je me suis tracée de mon devoir. »

Cette lettre, dont je vous avais donné lecture, je
ne la reproduis point pour justifier les conclusions
qui termineront ce rapport ; elle n'est sans doute pas
d'un léger intérêt dans la cause, puisqu'elle fait connaître la valeur que prenaient dans la bouche de cer-

taines personnes ces mots : *honneur*, *devoir* ; mots qui, deux fois dans la même feuille, se sont présentés sous la plume de l'accusé Bertrand. Non, cette lettre n'est pas d'un léger intérêt, puisqu'elle nous prouve qu'un général que l'on nous donnait comme modèle de toutes les vertus généreuses, ne s'est pas fait scrupule de se parjurer, et de se parjurer envers son souverain. Mais, Messieurs, ce n'est point le parjure dont nous avons à faire justice ; ce n'est pas la lettre écrite par le général Bertrand qui établira la légalité de la condamnation que la vindicte publique sollicite de vous. Le crime dont on vous demande la punition est celui qu'a commis le général Bertrand en portant les armes contre la France et son légitime souverain. Vous n'aurez point à considérer que l'accusé avait fait sa soumission au Roi, parce que la fidélité que le Roi attend d'un de ses sujets ne dépend pas de l'adhésion explicite que celui-ci aurait donnée à son gouvernement. Vous n'irez pas, pour fixer votre opinion, interroger le traité de Fontainebleau de 1814 ; parce que les traités qui ont pour objet de régler les intérêts respectifs des nations et des souverains ne détruisent ni n'altèrent jamais les rapports qui existent entre un individu et son pays, entre un sujet et un monarque. Vous ne vous demanderez pas enfin si en mars 1815 le général Bertrand était encore ou n'était plus Français ; parce que, dans aucune de ces hypothèses, il ne lui était libre de s'armer contre la France. Je n'oublie pas, Messieurs, que dans cette enceinte une doctrine contraire a été professée ; je n'oublie pas que, dans un procès analogue à celui-ci, il a été dit que l'éxistence du crime *dépendait entièrement* de la qualité de Français. Erreur grave, et d'un effet subversif de toute société. Il paraît que c'est en appliquant les dispositions du Code civil à un ordre de choses auquel elles ne se rattachent pas, qu'on est parvenu à faire accueillir une pareille erreur ; on sera parti de l'idée qu'en prononçant la perte de la qualité de Français contre celui qui, sans autorisation, passait à un service étranger, le Code rompait toute espèce de lien entre lui et la France ; que dès-lors l'expatrié pouvait s'armer contre elle et venir, à l'abri des drapeaux de son pays adoptif, l'attaquer et contribuer à l'asservir.

Vous apercevrez, Messieurs, les conséquences d'un pareil système ; vous voyez qu'il attache l'impunité corporelle précisément au premier des actes qui constituent le crime, à l'acceptation non autorisée d'une fonction quelconque en pays étranger ; ainsi il suffirait qu'un transfuge prit de l'emploi chez la puissance vers laquelle il se retire, pour qu'il fût interdit aux tribunaux français, si par suite il était saisi, de le punir de sa trahison. Ainsi il nous est libre de tourner nos armes contre nos compatriotes ; nous n'aurons d'autres précautions à prendre, pour nous mettre à l'abri de toute poursuite criminelle, que d'encourir d'abord la perte civile de notre qualité de

Français, en prenant du service chez la puissance contre laquelle la France serait ultérieurement en guerre. Et si nous remontons vers les temps anciens, c'est à tort que Bayard mourant menaçait du supplice des traîtres, ce connétable dont la défection nous fut si funeste; ce connétable n'avait rien à craindre, il avait accepté un commandement dans les armées étrangères, une commission impériale lui servait d'égide contre l'action des lois françaises. Non, Messieurs, ce n'est pas le Code civil que vous devez consulter pour reconnaître quels sont les devoirs qui rattachent encore à la France celui qui a encouru la perte de sa qualité de Français. Nous savons tous que ce Code n'envisage l'effet de l'expatriation que sous le rapport de nos droits civils; et des lois d'un autre ordre nous rappellent les obligations que notre pays natal nous impose, après même que nous l'avons abandonné.

Est-il donc quelqu'un, Messieurs, qui ignore cette première règle du droit pubic, que jamais il n'est permis de s'armer contre son pays et son souverain? Est-ce en France que ce principe aurait été perdu de vue; en France où, pendant plusieurs années, les tribunaux punissent de la peine capitale jusqu'à celui qui, autorisé à s'établir dans un pays étranger, ne rentrait pas au premier signal d'hostilité entre ce pays et le nôtre. (Décret du 6 avril 1809.) Consultez les diverses dispositions relatives à l'effet politique de la naturalisation d'un Français sur une terre étrangère, toutes rappelleront que le naturalisé ne peut jamais porter les armes contre la France.........

Si, contre toute vraisemblance , les généraux français qui ont accompagné Bonaparte étaient restés dans l'ignorance absolue des premières notions de droit public, ainsi que des lois positives de leur pays; s'ils ont cru qu'ils pouvaient, sans devenir criminels, consentir à une entreprise formée contre la France, l'ordonnance du 6 mars 1815 ne devait-elle pas leur faire ouvrir les yeux? Cette ordonnance, à laquelle applaudirent les deux chambres et la nation entière, cette ordonance qui leur apprenait que ceux que Bonaparte avait entraînés à sa suite étaient traîtres et rebelles, pouvait être à leur connaissance le 10 mars, au moment de leur entrée à Lyon; elle dissipait l'erreur où ils auraient été jusqu'alors sur leur position. Cependant y eurent-ils égard? firent-ils un seul pas vers la voie de salut qu'elle leur ouvrait? profitèrent-ils du délai qu'elle leur accordait pour s'éloigner des drapeaux de l'usurpateur? Non; et c'est après s'être tenus avec une pareille opiniâtreté dans la ligne du crime, que l'accusé Bertrand serait déclaré non coupable, et que vous l'acquitteriez sur l'intention? Nul doute que votre jugement, dicté par vos consciences, ne fasse connaître à toute la France que les juges qui restent fidèles à leurs devoirs, n'absoudront, dans aucun cas, le Français qui a porté les armes contre sa patrie et son légitime souverain. Et dans quel cas, Messieurs, oserait-on solliciter aujourd'hui de votre justice un jugement d'absolution ? Dans une circonstance où il s'agit d'une attaque faite de guet-à-pens contre notre pays et notre monarque ; d'un attentat qui mettait hors de toute loi les complices de Bonaparte, étrangers ou nationaux ; attentat qui devait armer contre ses auteurs la population toute entière, et la porter à courir sur eux comme sur des rebelles.

Je conclus à ce que Henri-Gratien Bertrand, lieutenant-général, soit déclaré coupable, 1°. d'avoir porté les armes contre la France ; 2°. d'avoir coopéré à un attentat ayant pour objet de détruire le Gouvernement et l'ordre de successibilité au trône, crimes prévus par les articles 75 et 87 du Code pénal ordinaire : je demande en outre l'impression du jugement à 500 exemplaires.

Au moment où le conseil allait se retirer pour passer aux opinions, M. Jouslin Delasalle, parent du général Bertrand, obtient la parole du président, et demande, aux termes de l'article 465 du Code d'instruction criminelle, un sursis nécessaire pour faire connaître au général la procédure instruite contre lui.

M. le raporteur. Messieurs, la position du général Bertrand n'est ignorée de personne ; nous savons tous que cet accusé se trouve dans l'impossibilité physique et morale de se présenter devant le conseil qui doit statuer sur son sort ; en conséquence j'invite M. le procureur du Roi à vouloir bien faire un réquisitoire tendant à rejeter la demande que le parent ou ami du général vient de soumettre au conseil.

M. le procureur du Roi requiert que sans s'arrêter à cette demande dilatoire, il soit passé outre au jugement.

Le conseil se retire pour en délibérer.

A sept heures la séance est reprise, et M. le président prononce le jugement, dont voici la teneur :

Le président ayant d'abord posé cette question :

» Y a-t-il lieu à délibérer sur la demande du sieur Jouslin Delasalle, parent du général Bertrand, d'un sursis au jugement ? »

Les voix recueillies, en commençant par les grades inferieurs, M. le président ayant émis son opinion le dernier, le conseil a rejeté cette demande à la majorité de quatre voix contre trois, laquelle majorité s'est trouvée suffisante d'après la décision de ce jour, de S. Exc. le ministre de la guerre, et provoquée par le conseil.

Sur quoi M. le président a posé les questions suivantes :

» Le général Bertrand accusé, est-il coupable, 1°. d'avoir attaqué la France et le Gouvernement à main armée ?

» 2°. D'avoir pris une part active à l'entreprise de l'usurpateur, tendant à renverser le Gouvernement légitime ? »

Ces deux questions ayant été résolues affirmative-
ment à l'unanimité, le conseil a condamné le général
Bertrand à la peine de mort en conformité des articles 75 et 87 du Code pénal ordinaire, aux frais
du procès et à l'affiche du jugement à 500 exemplaires.

De l'Imprimerie de DOUBLET, rue Gît-le-Cœur, n°, 7.

CET OUVRAGE SE TROUVE:

A	*Chez les Libraires*
Bordeaux	MELON.
Bruxelles	LECHARLIER.
Cambray	HUREZ.
Le Hâvre.	CHAPELLE.
Le Mans	TOUTAIN.
Liége	DESOER.
Lyon.	FAVERIOT.
Rennes.	BLOUET.
Rouen	FRERE. RENAUT.

www.ingramcontent.com/pod-product-compliance
Ingram Content Group UK Ltd.
Pitfield, Milton Keynes, MK11 3LW, UK
UKHW020009130726
13694UKWH00005B/2184